AF357717

CATALOGUE

DE

TABLEAUX ANCIENS

DE DIVERSES ÉCOLES

PARMI LESQUELS

UN TRÈS-BEAU PORTRAIT PAR F. BOUCHER

Groupes et Bustes en marbre

Meubles, Feux & Pendules des époques de Louis XV & de Louis XVI

OBJETS DIVERS

MEUBLES MODERNES, UN COUPÉ

DONT LA VENTE AUX ENCHÈRES PUBLIQUES AURA LIEU

PAR SUITE DE DÉCÈS

HOTEL DROUOT, SALLE N° 2

Les Jeudi 14 & Vendredi 15 Mai 1868

A DEUX HEURES PRÉCISES

Par le ministère de Mᵉ **DARRAS**, Commissaire-Priseur,
rue Bergère, 21 ;

Assisté de M. **FEBVRE**, Expert, rue Saint-Georges, 14,
CHEZ LESQUELS SE DISTRIBUE LE PRÉSENT CATALOGUE.

EXPOSITION PUBLIQUE

Le Mercredi 13 Mai 1868, de une heure à cinq heures.

PARIS — 1868

V

CATALOGUE

DE

TABLEAUX ANCIENS

DE DIVERSES ÉCOLES

PARMI LESQUELS

UN TRÈS-BEAU PORTRAIT PAR F. BOUCHER

Groupes et Bustes en marbre

Meubles, Feux & Pendules des époques de Louis XV & de Louis XVI

OBJETS DIVERS

MEUBLES MODERNES, UN COUPÉ

DONT LA VENTE AUX ENCHÈRES PUBLIQUES AURA LIEU

PAR SUITE DE DÉCÈS

HOTEL DROUOT, SALLE N° 2

Les Jeudi 14 & Vendredi 15 Mai 1868

A DEUX HEURES PRÉCISES

Par le ministère de Mᵉ **DARRAS**, Commissaire-Priseur,
rue Bergère, 21 ;

Assisté de M. **FÉBVRE**, Expert, rue Saint-Georges, 14,

CHEZ LESQUELS SE DISTRIBUE LE PRÉSENT CATALOGUE.

EXPOSITION PUBLIQUE

Le Mercredi 13 Mai 1868, de une heure à cinq heures.

PARIS — 1868

CONDITIONS DE LA VENTE

Elle sera faite au comptant.

Les Adjudicataires paieront, en sus des enchères, CINQ POUR CENT applicables aux frais de vente.

L'Exposition mettant les Acquéreurs à même de se rendre compte de l'état des Tableaux, il ne sera reçu aucune réclamation une fois l'adjudication prononcée.

ORDRE DE LA VENTE

Le Jeudi 14 : LES TABLEAUX.

Le Vendredi 14 : LES GRAVURES, OBJETS D'ART, LES MEUBLES, LE COUPÉ.

DÉSIGNATION

DES

TABLEAUX

BOS (JÉROME)

1 — Le Purgatoire ?

Composition offrant des scènes burlesques. Ce peintre excellait dans ce genre de composition.

BASSANO (JACOPO)

2 — L'Ensevelissement du Christ.

BASSANO (École de)

3 — Intérieur d'un ménage.

BOUCHER (FRANÇOIS)

4 — Portrait d'une jeune et jolie Femme.

Représentée debout, dans un parc, elle tient un éventail de la main droite; le coude est appuyé sur le socle d'un groupe en marbre représentant Vénus et l'Amour. Sa robe en soie rose est enrichie de broderies et de nœuds de rubans; petit corsage à pointe laissant le sein à demi nu; chevelure poudrée; fond avec charmille et caisse d'oranger.

A droite, sur un banc de jardin, est un petit épagneul. Sur le banc est la signature du maître, F. Boucher, 1759.

Cette même femme a été représentée plusieurs fois par le maître, mais nue et couchée sur un canapé.

BRAUVER

5 — **Femme âgée vue en buste.**

> Assise dans un fauteuil, les mains croisées sur la poitrine. Robe bleuâtre, pelisse en fourrure, la tête couverte d'une capeline amarante.
>
> Belle et magnifique peinture rappelant Rembrandt.

BREUGHEL, dit LA CULOTTE

6 — **Les Récréations du dimanche.**

> Composition pleine de naiveté, représentant un grand nombre de paysans et d'enfants jouant à divers jeux sur la place d'une église.

BREUGHEL (JEAN)

7 — **Médaillon représentant la Sainte Famille.**

> Ce médaillon est entouré d'une guirlande de fleurs.

8 — **Fleurs dans un vase.**

9 — **Médaillon représentant la Vierge et Jésus, entourés d'une guirlande de belles fleurs exécutées avec une grande finesse.**

CAMBIASO, LUCA (Atribué à)

10 — **Loth et ses Filles.**

10 bis — **Pan poursuivant Syrinx.**

CAVEDONE

11 — Allégorie de la Poésie.

12 — Autre Sujet allégorique. (Pendant du précédent.)

CERQUOZZI (Michel)

13 — Fruits et Légumes. Peinture large et vigoureuse.

CHAMPAIGNE, P. (Genre de)

14 — La Multiplication des pains par Jésus.

15 — Jeune Femme représentée en buste.

CIGOLI (Genre de)

16 — L'Enlèvement de Proserpine.

DAVID (École de)

17 — Portrait du pape Pie VII.

DIETRICH, C. (Attribué à)

18 — Jésus présenté au peuple.

DYCK (Antoine Van)

19 — Esquisse d'un portrait pour une de ses gravures. (Portrait d'un peintre.)

20 — Très-bonne Esquisse : Prélat bénissant un Guerrier.

DYCK, Antoine Van (D'après)

21 — Personnage vu à mi-corps, jouant de la cornemuse.

FRANCIA (Attribué à)

22 — La Vierge sur un trône tient sur ses genoux son
divin fils; à sa droite est saint Sébastien debout percé
de flèches; à sa gauche, saint François; en bas, deux
séraphins jouant des instruments.

> Très-belle composition rappelant celles de Francia. Personnages de grandeur naturelle. Peinture sur cèdre.

FURINI

23 — Bethsabée au bain entourée de ses femmes; dans le
fond, le roi David sur la terrasse de son palais. Figures
de grandeur naturelle.

GODENZIO (Ferrari)

24 — Glorification de saint Pierre.

> Le saint, debout, est monté sur un socle; il tient les clés du
> Paradis et un livre. A sa droite et à sa gauche sont deux
> saintes et deux saints franciscains; fond de paysage avec rochers.
>
> Beau caractère, conservation parfaite.
>
> Œuvre capitale peinte sur cèdre.

GORP (Van)

25 — Jeune Femme représentée en buste.

GREUZE (D'après)

26 — Jeune Fille se regardant dans un miroir.

GREUZE (D'après)

27 — Tête de jeune Fille.

28 — Jeune Fille tenant une colombe.

29 — Jeune Fille tenant un chien.

HALS (Dirck)

30 — Personnage représenté en buste.

HELST (Bartholomé Van der)

31 — Portrait d'une Dame hollandaise représentée jusqu'aux genoux et assise.

HYRIL ou HURIL, 1556

32 — Les Apprêts d'un repas.

Dans une cuisine, une table servie qui attend des convives que l'on voit au loin; près de la table, un soldat buvant; à côté, une jeune servante et un valet; à gauche, près d'une cheminée où bout la marmite, un petit garçon assis trempant un morceau de pain.

Signé : Hyril ou Huril, 1556.

HONTHORS (Gérard)

33 — Fumeurs italiens et jeune Fille.

KLOMP

34 — Animaux au repos dans un pâturage.

LEBRUN (Ch.)

35 — Portrait présumé de Lebrun.

LEMOINE

36 — Neptune commandant aux vents.

37 — Nymphe et Fleuve.

MAURICE (Aline)

38 — Portrait d'une Dame de l'époque de l'Empire, représentée assise sur un canapé.

MALLET (Attribué à)

39 — Un Moine et une jeune Fille.

METSYS, Quentin (Manière de)

40 — Les Compteurs d'or, Homme et Femme.

MEYTENS

41 — Dame noble représentée dans un parc.

> Vêtue d'une robe rouge recouverte d'une draperie jaunâtre, le bras gauche appuyé sur un piédestal, la main droite tombante ; chevelure à la Ninon ; fond de paysage.

MIGNARD (Pierre)

42 — Portrait de Mme de la Suze, fille d'Anne de Polignac et du maréchal de Chatillon.

> Représentée de grandeur naturelle, sous les traits de Diane assise à terre dans un parc ; des Amours voltigent autour d'elle. L'un lui offre un carquois, un autre cueille des fleurs. Fond avec grand escalier orné de statues.

ORIZONTI (Van Bloemen)

43 — Campagne italienne avec figures et animaux.

PANNINI

44 — Vue du grand Canal et de la Piazzetta à Venise.

> Sur la place, grande quantité de promeneurs, personnages de toutes conditions, magistrats, gentilshommes et gens du peuple; à gauche, la vue du grand canal et celle de l'église della Salute.
>
> Œuvre agréable d'un ton argentin.

PICOT (Attribué à)

45 — Psyché.

RAPHAEL (D'après)

46 — Sainte Famille.

RIGAUD (H.)

47 — Portrait d'un personnage, probablement un poète.

RIGAUD (Attribué à)

48 — Portrait de la Mère de Rigaud.

49 — Portrait d'un personnage portant toque et vêtement garni de fourrure.

ROSA DE TIVOLI

50 — Pâtre et Villageoise gardant des animaux dans une campagne italienne.

PAR LE MÊME

51 — Animaux sur une montagne; soleil couchant.

PAR LE MÊME

52 — Repos d'animaux. (Pendant du précéder ..)

PAR LE MÊME

53 — Pâtre gardant des animaux.

ROTHENAMER (École de)

54 — Jésus présenté au peuple.

SARTE, André del (École de)

55 — La Vierge, l'Enfant Jésus et le petit saint Jean.

SAVOY (C. V.)

56 — Le Jugement de Pâris.

    Les trois Déesses attendent la décision de Pâris. Dans les airs apparaissent deux Furies.

SERVANDONI

57 — Paysage avec cascade et monuments en ruines.

STELLA (Jacques)

58 — Le Mariage de la Vierge.

STOOP (A.)

59 — Chasseurs arrêtés près d'une auberge.

TIEPOLO

60 — Les Noces de Cana.

TÉNIERS, DAVID (École de)

61 — Laboratoire d'alchimiste.

62 — Pêcheurs retirant leurs filets.

TITIEN (D'après)

63 — Femme nue couchée sur un lit de repos ; dans le fond, sous un péristyle, ses femmes préparent des vêtements.

VÉLASQUEZ (D'après)

64 — Portrait de Philippe IV, roi d'Espagne.

VENIUS, OTTO (École de)

65 — L'Impôt à César.

WOUET (SIMON)

66 — La Madeleine aux pieds de Jésus chez Simon le pharisien.

67 — Jésus bénissant le pain et le vin.

68 — L'Ensevelissement du Christ.

69 — L'Incrédulité de saint Thomas.

ANCIENNE ÉCOLE FLAMANDE

70 — La Vierge et l'Enfant Jésus.

ÉCOLE ALLEMANDE DU XVIᵉ SIÈCLE

71 — Deux Volets de triptyque : l'Adoration des Mages et
saint Pierre recevant les élus.

72 — Saint Jérôme se frappant la poitrine. OEuvre d'un
précieux fini.

ANCIENNE ÉCOLE DE COLOGNE

73 — Sainte Famille.

ÉCOLE DE BRUGES DU XVIᵉ SIÈCLE

74 — La Sainte Famille visitée par sainte Elisabeth.

ÉCOLE DE BOLOGNE

75 — Combat des Centaures et des Lapithes.

ÉCOLE ITALIENNE

76 — La Vierge sur un trône soutient l'Enfant Jésus
debout; à gauche et à droite, deux saints en contem-
plation; en bas du trône sont agenouillées la Madeleine
et sainte Agathe.

77 — La Vierge et Jésus.

78 — Lucrèce se donnant la mort.

79 — Femme assise vue jusqu'aux genoux.

ÉCOLE VÉNITIENNE

80 — Tête de jeune Femme.

81 — Le Christ tenant le roseau.

ÉCOLE FRANÇAISE

82 — Dame de l'époque de l'Empire, représentée assise sur un canapé.

ÉCOLE HOLLANDAISE

83 — Buste de jeune Homme tenant un chapeau de feutre.

ÉCOLE FLAMANDE

84 — La Comparaison.

INCONNUS

85 — Trois Personnages et des Animaux près d'une fontaine.

86 — Jésus guérissant un aveugle.

87 — Portrait en buste d'un homme âgé.

88 — Portrait de Femme (sur papier).

ÉCOLE ITALIENNE

89 — L'Évanouissement d'Esther.

90 — Le roi David et Bethsabée.

ÉCOLE ITALIENNE

91 — Henri IV sur son lit de mort.

92 — Portrait d'un personnage hollandais.

G. DESCAMPS

92 bis — Prométhée enchaîné.

92 ter — Copie d'un fragment d'une fresque de Raphaël.

OBJETS D'ART, MEUBLES, ETC.

94 — Groupe de l'Amour et Psyché, en marbre blanc, par L. Guiard, 1765.

95 — Quatre Bustes en marbre blanc, d'après l'antique.

96 — Piédestaux et Socles en marbres divers et stuc.

97 — Meuble Louis XVI, à hauteur d'appui, en bois ronceux ; ornements en cuivre doré.

98 — Plusieurs Consoles de l'époque de Louis XVI, en bois sculpté et peint ; toutes avec leurs marbres.

99 — Lit Louis XVI, avec baldaquin, en bois sculpté et doré.

100 — Deux très-beaux Chenets anciens, en bronze doré.

101 — Une Pendule Louis XVI, sujet connu sous le nom des Liseuses ; bronze doré et marbre.

102 — Petite Pendule Louis XVI, à colonnes.

103 — Bureau de l'époque Louis XV, en bois de rose, orné de ses anciens bronzes.

104 — Autre Bureau plat et à cylindre, de l'époque de Louis XVI.

105 — Très-beau et grand Christ en ivoire sculpté, attribué à Bouchardon.

106 — Environ 30 Gravures et Aquarelles, toutes encadrées, dont nous ne pouvons donner un détail, ne les ayant pas vues.

107 — Divers Objets : Statuettes, etc., seront vendus sous ce numéro.

MEUBLES MODERNES

108 — Plusieurs grandes Armoires, Cartonniers, Chiffonniers, Buffets, Bibliothèques et Tables, etc., le tout en acajou.

109 — Quatre Caisses de sûreté en fer.

Renou et Maulde, imprimeurs de la Compagnie des Commissaires-Priseurs, rue de Rivoli, 144.   14027

www.ingramcontent.com/pod-product-compliance
Lightning Source LLC
LaVergne TN
LVHW021901180726
843502LV00008B/2806

27 février 1868

VENTE DES 27 ET 28 FÉVRIER 1868

TABLEAUX

MINIATURES

Aquarelles, Dessins, Gravures. Études

MEUBLES ARTISTIQUES

Armes — Livres

OBJETS DE VITRINE ET PORCELAINES

DONT LA VENTE AURA LIEU

HOTEL DROUOT

SALLE N° 7

Aprés le décés de **M. JOZAN**, peintre de genre

EXPOSITION PUBLIQUE

Le Mercredi 26 Février 1868, de deux heures à cinq heures

Mᵉ MARESCHAL,
Commissaire-Priseur,
RUE DE TRÉVISE, 17.

M. COURNERIE,
Expert
Avenue de la Tourelle, 11, à Saint-Mandé.

PARIS — 1868

RENOU & MAULDE

IMPRIMEURS DE LA COMPAGNIE DES COMMISSAIRES-PRISEURS

Rue de Rivoli, 144.

VENTE DES 27 ET 28 FÉVRIER 1868

TABLEAUX

MINIATURES

Aquarelles, Dessins, Gravures, Études

MEUBLES ARTISTIQUES

Armes — Livres

OBJETS DE VITRINE ET PORCELAINES

DONT LA VENTE AURA LIEU

HOTEL DROUOT

SALLE N° 7

Après le décès de **M. JOZAN**, peintre de genre

EXPOSITION PUBLIQUE

Le Mercredi 26 Février 1868, de deux heures à cinq heures

M° MARESCHAL,	**M. COURNERIE,**
Commissaire-Priseur,	Expert
RUE DE TRÉVISE, 17.	Avenue de la Tourelle, 11, à Saint-Mandé.

PARIS — 1868

CONDITIONS DE LA VENTE

Elle sera faite au comptant.

Les Acquéreurs paieront CINQ POUR CENT en sus du prix d'adjudication.

L'Exposition mettant à même les Acquéreurs à même de se rendre compte de l'état des Tableaux et autres Objets, il ne sera reçu aucune réclamation une fois l'adjudication prononcée.

ORDRE DES VACATIONS

Le Jeudi 27 Février : les Tableaux, Miniatures, Dessins, Objets de vitrine et quelques Gravures.

Le Vendredi 28 Février : les Gravures, les Armes, les Porcelaines et les Meubles.

DÉSIGNATION

DESSINS, ÉTUDES ET TABLEAUX

Peints par M. JOZAN

1 — Vue prise à Étretat. (Étude.)

3 — Vue prise à Villefranche. (Étude.)

3 — Vue prise à Saint-Brieuc. (Étude.)

4 — Vue prise aux environs de Fontainebleau. (Étude.)

5 — Marine. (Étude.)

6 — Marine. (Étude.)

7 — Étude.

8 — Vue de la maison où naquit Chateaubriand.

9 — Vue des environs d'Aix en Savoie.

10 — Étude de paysage.

11 — Étude de Paysage à Fontainebleau.

12 —   Id.   id.

13 — Sujet de genre.

14 — Vue des environs d'Aix en Savoie.

15 — Environs d'Asnières. (Étude.)

16 — Jeune Fille écoutant à une porte.

17 — Sujet galant.

18 — Sujet de genre.

19 — Bords de la Marne. (Étude.)

20 — Vieux Chêne, dit Bouquet du roi. Forêt de Fontainebleau.

21 — Étude de paysage.

22 — Paysage orné de figures et d'animaux.

23 — Une Chasse aux environs de Fontainebleau.

24 — Étude.

25 — Étude de paysage.

26 — Chien de chasse.

27 — Environs de Villefranche. (Tableau d'un joli effet.)

28 — Cascade du saut de la Cuve. (Moselle.)

29 — Étude encadrée.

30 — Vue prise dans les Ardennes.

31 — Étude dans la forêt de Fontainebleau.

32 — Environs de Nice.

33 — Vue prise à Saint-Cloud. Nombreuses et jolies figures.

34 — Étude à Pierrefonds.

35 — Vue prise à Aix en Savoie.

36 — Id. même lieu.

37 — Chute du Colimaçon à Cotterets.

38 — Étude de paysage.

39 — Jeune Mère et son Enfant. (Étude.)

40 — Intérieur de village.

41 — Étude à Villefranche.

42 — Portrait de Jeune Femme.

43 — Marine, vue prise à Biarritz.

44 — Étude de paysage.

45 — Une Odalisque.

46 — Un Déjeuner sur l'herbe. (Jolie composition.)

47 — Paysage au pastel.

48 — Vieux tronc de Saule. (Étude.)

49 — Le pendant du précédent.

50 — Paysage avec animaux. (Pastel.)

51 — Étude à Fontainebleau. (Sépia.)

52 — Étude d'arbres au pastel.

53 — Étude de paysage, bouquet d'arbres.

54 — Sujet flam

55 — Un Intérieur.

56 — Un lot d'Études.

57 — Grande aquarelle : Paysage.

58 — Un lot d'Études dans un carton.

59 — Marine, jolie étude.

60 — La Grande Chartreuse. (Étude.)

61 — Le Torrent. (Étude.)

62 — Grand Dessin au fusin. (Signé et daté.)

63 — Pendant du précédent.

64 — Très-beau Dessin au crayon, rehaussé de blanc.

65 — Grand Dessin non terminé.

TABLEAUX ET DESSINS

ANCIENS ET MODERNES

66 — VAN DYCK. (D'après.) Tête d'homme.

67 — ALFRED DE DREUX. Cheval en liberté.

68 — LE GUIDE. (École de.) La femme de Brutus se brùlant la langue pour ne pas divulguer les secrets de son mari.

69 — ÉCOLE FRANÇAISE. Tête de jeune Fille.

70 — GREUZE. D'après.) Jeune Fille endormie.

71 — RIBÉRA. Moïse tenant les Tables de la Loi.

72 — ALBANE. Actéon, petit-fils de Cadmus, métamorphosé en cerf pour s'être permis de regarder Diane. (Tableau d'une composition capitale).

73 — VAN DYCK. Tête d'homme.

74 — RUBENS. (D'après.) Portrait de Femme.

75 — MOLA. La Fuite en Égypte.

76 — PINAKER. Paysage provenant de la collection du duc de Berry.

77 — INCONNU. Petite copie d'après Philippe de Champagne.
(Portrait du cardinal de Richelieu).

78 — LEBRUN. (Madame.) Jeune Enfant assis près d'une corbeille de fruits.

79 — SCHEFFER (ARY.) Richelieu et la reine Anne d'Autriche.
(Cette esquisse a été donnée à M. Jozan par son auteur).

80 — CHARDIN. Tête d'homme.

81 — Fragment de vieux tableau.

82 — MIGNIARD. Le Massacre des Innocents. (Dessin.)

83 — VAN DYCK. (Attribué à.) Le Christ mort, pleuré par les anges et par la Vierge.
(Tableau peint sur cuivre et d'un fini précieux).

84 — THÉOLON. Portrait d'homme, du meilleur faire du maître.

85 — NATTIER. Portrait d'une princesse.
Hauteur, 1 m. 40 c., largeur, 1 m. 10 c.

86 — ÉCOLE VÉNITIENNE. Promenade sur le grand canal de Venise.

87 — Portrait de Bianca Capello : Femme du duc François de Médicis.

88 — CHARDIN. Fleurs et Fruits, gouache signée.

89 — GREUZE. (Attribué à.) Tête de jeune Fille.

90 — BACCHUYSEN. (Attribué à.) Marine.

91 — Portrait d'homme de la famille de Villeneuve.
(Riche bordure en bois sculpté à rubans).

92 — Portrait de femme du xve siècle, tenant un livre.
(Ancien panneau portant un cachet de collection).

93 — BOUCHER. Génie des arts libéraux.

94 — INCONNU. Deux Têtes de jeunes femmes. (Pastels).

95 — LARGILLIÈRE. (Attribué à.) Portrait de jeune
Femme richement costumée.

96 — OUDRY. Une Chasse à Chantilly, Sanglier forcé.
(Très-belle gouache).

97 — FRAGONARD. Toilette d'une grande dame.
(Beau dessin à la sanguine.)

98 — INCONNU. Les comtes de Provence et d'Artois.
(Petits portraits à l'huile).

99 — GÉRICAULT. (Signé.) Le Maréchal ferrant.
(Dessin.)

100 — SOLARI. (D'après.) Ancienne copie de la Vierge du
Louvre.

101 — Deux Tableaux peints sur verre, époque Louis XV.

102 — GUARDI. Charmant petit dessin à la sépia, dans
sa bordure en bois sculpté.

103 — CHARDIN. Une Corbeille de prunes, une Bouteille,
une Tasse et d'autres fruits sont portés sur une ta-
blette. (Signé.)

104 — BRUNE. (Signé 1824.) Paysage.

105 — Du même. (Id.) Paysage.

106 — MULLER. (Signé.) Corbeille de Fleurs.
(Charmante petite aquarelle.)

107 — WATTEAU. Dessin capital exécuté à la sanguine.

108 — FRAGONARD. Dans une chambre à coucher de jeunes ouvrières sont surprises et cherchent à se garantir de jets d'eau qui partent d'une trappe pratiquée dans le plancher.

(Ce dessin exécuté à la sépia est un des meilleurs de ce maître si aimable.)

109 — CARLO DOLCI. Beau dessin à la sépia.

110 — CLERMONT. Dessin lavé.

111 — MURILLO. Saint Pierre.
Du même. Saint Paul.
Dessins achetés à Séville en 1859 par M. Gasc.

112 — DE SAINT-AUBIN. Une Dame se promenant, elle tient un éventail de la main gauche et une canne de la main droite.
(Charmante aquarelle gouachée).

MINIATURES

113 — TASSIS. Mme de Montespan.

114 — Charmante petite gouache représentant le parterre de Trianon et le canal.
(Cette petite peinture est remarquable par le nombre de personnages et par sa finesse.)

115 — LAVRENCE., Jeune dame travaillant près d'une croisée ouverte. (Jolie miniature.)

116 — HOUIN. Beau portrait de Marie-Antoinette.

117 — Très-joli portrait de Marie-Stuart.

118 — Ravissant petit portrait de Mme de Pompadour.

119 — ROSSELIN (Mme). Portrait d'une princesse.
Cette petite miniature est remarquable. (Cadre
Louis XV en bois sculpté.)

120 — PÉRIN. Portrait de Mme Vigée-Lebrun.

121 — HOUIN. Jeune femme devant sa toilette.

MEUBLES EN BOIS SCUPTÉS
BRONZES & AUTRES

122 — Bahut en forme de tabernacle.

123 — Glace dans un cadre en bois sculpté.

124 — Bibliothèque en vieux bois sculpté.

125 — Corps de bahut en vieux bois sculpté.

126 — Table-étagère en vieux bois recouverte de velours
vert.

127 — Petit meuble Henri II.

128 — Grand fauteuil en bois sculpté.

129 — Deux fauteuils en bois sculpté.

130 — Deux fauteuils en bois sculpté.

131 — Une chaise en vieux bois.

132 — Un chevalet de peintre.

133 — Deux appliques style Louis XVI.

134 — Support avec statuette.

135 — Glace biseautée. Époque Louis XIII.

136 — Les cinq ordres d'architecture.

137 — Piédestal en bois sculpté, époque gothique sur-
monté de la Vénus de Milo (réduction en plâtre).

138 — Une vieille glace.

139 — Petit meuble à un tiroir.

140 — Coffret ancien.

141 — Petite console Louis XVI.
Diverses statuettes et leurs supports non catalogués,

ARMES, LIVRES, PORCELAINES

Et autre objets

142 — Épée coquille Louis XIII, lame repercée à jour.
forme espagnole.

143 — Épée du XVIe siècle, poignée découpée et tailladée ;
lame de Tolède.

144 — Épée du XVIe siècle, garde découpée et coquille
pleine.

145 — Un livre de gravures.

146 — Un livre couvert en maroquin fleurdelysé.

147 — Une pendule époque Louis XV en bois de palissandre, bronzes dorés or moulu, mouvement de Guillaume Gille de Paris.

148 — Un hanap en cuivre gravé aux armoiries d'un cardinal.

149 — Une clef en cuivre.

150 — Une clef en bronze doré, dite de chambellan.

151 — Deux clefs en fer, gothiques.

152 — Trois plats en faïence hispano-arabe.

153 — Deux bas-reliefs en bois sculpté: Fleurs et oiseaux.

154 — Un encrier ancienne marqueterie.

155 — Deux Lampes Carcel.

156 — Un plat en faïence italienne, David et Goliath.
Plusieurs armes non cataloguées ainsi qu'un certain nombre de livres; porcelaines de la Chine et du Japon.
Plusieurs cartons remplis de gravures, d'eaux-fortes. de lithographies et autres seront vendus, partie *le jeudi* **27** *février*, et le reste *le vendredi* **28** *février*.

Renou et Maulde, Imprimeurs de la Compagnie des Commissaires-Priseurs, rue de Rivoli, 144.   1161P